오아시스의 거간꾼

황금알 시인선 99
오아시스의 거간꾼

초판발행일 | 2015년 2월 11일
2쇄 발행일 | 2015년 12월 7일

지은이 | 김윤희
펴낸곳 | 도서출판 황금알
펴낸이 | 金永馥
선정위원 | 마종기 · 유안진 · 이수익 · 김영승
주 간 | 김영탁
편집실장 | 조경숙
표지디자인 | 칼라박스
주 소 | 110-510 서울시 종로구 동숭동 201-14 청기와빌라2차 104호
물류센타(직송 · 반품) | 100-272 서울시 중구 필동2가 124-6 1F
전 화 | 02)2275-9171
팩 스 | 02)2275-9172
이메일 | tibet21@hanmail.net
홈페이지 | http://goldegg21.com
출판등록 | 2003년 03월 26일(제300-2003-230호)

값은 뒤표지에 있습니다.

ISBN 978-89-97318-94-0-03810

오아시스의 거간꾼

김윤희 시집

황금알

요즘 들어 특히 시와 깊이 사귀면서 그가 전해주는 암담한 희열도 함께 겪는다. 시들은, 시인이 밥 먹고 자고 일어나 생각하는 것이 무엇인지 규명하는 피할 수 없는 증빙자료이다.

기억하기를, 한 50년 전 한 번 시인된 적 있었는데, 그 사건은 오늘까지 유효한지 심히 의문이다.

시는 나의 많은 부림(使)을 당했다. 시는 내가 조금 격하게 말하여 구원의 생사여탈권을 부여한 한 권력이었으므로 그건 더욱 혹독했다.

오늘, 시가 상호 텍스트, 상호 독자, 상호 친목의 권역圈域에 들어 그를 넘어서지 못하는 현상을 바라보며 신세 한탄 비슷한 자세가 취해지려 한다.

우리가 저 먹자골목 밀집한 맛집을 뒤져, 드디어 한 집을 뽑아 들어가 앉듯이, 그래도 이 동네에 가야만 돌올한 한 광채를 조우할 수 있다는 자조적 비감을 어찌할 수 없다. 그것은 위안과 자괴로 남는다.

도꼬마리 씨 떼듯 격리하고 나니, 온몸에 바람이 들고 춥다. 이것들이 두꺼운 옷이었던가 보다.

떠나고 남은 뼛조각들을 들여다본다.

2014 늦가을 김윤희

차 례

1부

2부

3부

4부

5부

1부

한 사람에게
— 이런 생각은 어떠신지?

한 사람에게 보이기 위하여 시를
쓴다 눈 밝은 한 사람의 눈에 작죄 들키고 싶어
시를 쓴다
한 사람이 전부인 그의 뱃속에 여럿을 임신한
뚱뚱한 한 사람 저 음흉한 소문 들어왔지만
그물처럼 통과시키는 커다란 복부 가진 한 사람을 위해
시를 쓴다
나의 시 일거수일투족을 뚫어지게 시기하여
나의 몸피가 투명한 터널이 되는 나의
기둥서방 그를 위해 시를
쓴다

말하자면 딱 한 가지
인생人生의 인문학人文學에 복무하는 평범한 시를
쓴다
그 일은 인생을 염려하는 중노동이라 부른다
모종의 음험한 나의 도모에 물색없이 가담하여
공모의 사인하는 한 사람
나는 그를 구해 고백하고 그 누설을 약속할 것을

전제로 시를 쓴다
나 죄 털듯 시를 쓴다
성사聖事 보듯 시를 쓴다
나의 무법無法에 찬성하는 그를 위해 시를
쓰고
어떤 때는 철저히 타인인 그를 위해 시를
쓴다
그리고 똑 부러지게 배반할 줄 아는 그를 위해 시를
쓴다
그는 실연시켜 나를 혼절케 하는 나의 적이다 원수다

오아시스의 거간꾼

내가 너의 우심한 갈증 편에 서서
할 수 있는 일은 무엇일까 생각하고
또 생각하다가
발견했다

오늘 아침 내 손이 너에게 건넬 것은
오로지 건더기 없는 차디찬 맹물
뿐이니
손아귀에 옹이 지도록 물의 집
비틀어 잠긴 물의 문 노크하다 말고
부수어 내 손이 갇혀 입 다물고 참고 있는
한 모금 물 어렵사리 빼내
너의 앞에 내놓으니

간밤 긴급하고 험악한 갈증이 불타고
남은 너의 사막을 잘 받쳐 들고
아침의 오아시스 앞에
줄을 서라
그는 너를 알아볼 것이다

나는 물을 중개하는 특별한
자본이라곤 마련 없는 맨손의
거간꾼이 될 것이니

냄비의 꽃방석

제가 무슨 떠돌이 구들장인 양
작은 쟁반만 한 것이
웬만한 화상쯤엔 태연하다
제 등짝 타들어 가는 것쯤은 사건도
아닌 이미 중증의 중독증세가
심각하다

전성기적 한동안 저 들병처럼
차출당하여 제 환부 꽃무늬 지문
문드러지는 것 돌볼 새 없이
중노동 하던 냄비 받침

오늘 입원하고 없는 그 집 안주인
덕분에 식탁 위 꽃무늬 냄비 받침
알짜 휴가에 들어갔다
안주인 안 보이는 그 집 식탁 위
꽃무늬 냄비 받침은 세 끼
라면 냄비를 새 손님으로
맞는다

온몸으로 받아주기엔 스스로
미지근하다
입 맛 싹 달아난다

끓어 넘치기 직전 절정의 하체가
정좌하자마자 덩달아 달아올랐던
당돌한 냄비의 꽃방석 냄비 받침
무노동의 한 사흘 동안 잘 보낼 방법
몰라 드러누워 뒹굴뒹굴
벽시계 쳐다보며 안주인 귀가
기다리고 있다

명징한 상대

하도 답답하여 점집에 가듯 거울 앞에서
질문을 하면 답은 주지 않고 저도 똑같은
질문을 내게 보낸다

헤어져 돌아와 거울 앞에서
하지 못하고 돌아선 고백에 대해 후회
하면 거울 그는 정말 아까 아무 말 하지
않았다고 증언할 뿐이다

안 그러겠지만 거울 앞에서 무언가를
구하려 하지 마라
거울은 무능하다
가진 거라곤 차디찬 제 살갗뿐
더위도 타지 않고 감기 걸리는
법도 없다
거울은 냉혈이다

거울에 네 얼굴이 아주 비천하게
마마 할망으로 나타나더라도

거울을 깨트리지 마라
피 한 방울 흘리지 않고 네 몸만
산산이 조각날 뿐이다

거울을 적으로 삼지 마라
거울은 너의 최측근이다
특히 나 거울에게 위증을 부탁했다가
거절당했다

장미와 치통

치통은 비겁하다
자존심도 없다
철 늦은 가장 버거운 나의 치통
칠월 염천 구강에 불 지르는
통증 감싸 안고 찾아간 몇몇 동네
병원에서 퇴짜 먹고
조금 숨찬 언덕 위 국립대학 병원 구내
따로 나 앉은 병동 현관 앞
정원에 낮게 도열한 생각에 빠진
색색의 장미들에게 잠깐 물들었다가
나와서 자동문 안으로 당겨
들어가려는데
붙든다

이제 사랑을 알았으면
무엇에 쓰려고?
아무짝에도 쓸모없는 내 통증을
장미들은 아는 것이다
장미, 너도 앓고 있었구나

너는 심장으로

이 통증 치유되면 적막이
오겠지
수면과 같은 죽음과
같은

친필 전시회

가서 보았다
수십 년 전 그때 청춘의 끓는
피 찍어 써 보낸
봉함 친전
나만 알아볼 수 있는
달필 건너
초서체 훨씬 지나
암호 악필
일종의 극비 문서
이제야 여겨 보니
희귀체 아날로그
취후통첩이던 것을

횡재

가장 중요한 점은 늙은 내가 온몸으로 겪고 있는
이것 요즘 가는 귀먹은 내가 접수하고만 이 불확실
　음치인 내가 잘 착각하도록 난해한 방언方言의 심장 속
에 숨어 저 언문을 잘 편곡하여 긴 공동空洞 수화기 너머에
서 일으키는 발성연습 태초의 옹알이 내 귀가 두 손으로
받아 모신 개인적인 지극히 사적인 지독한 향기 흠흠 아
전인수 독해하여 사탕처럼 아껴 빨며 나 요즘 얌전하게
　살고 있다 원수 같은 삼동三冬 잘 나고 있다

아무리 문초해도 자복自服하지 않는 어눌한 척
벽창호 흉내 너무 늦게 도착한 빛바랜
음성 우편 그쪽 벙어리 농아 손짓 발짓 보지
않아도 다 보이는 나름 절명의 프러포즈 이 봄
의 행운 불온의 횡재 이 구명줄 나 당겨도 되나

춘정

가야지 오늘은 꼭 댕겨 와야지 참을 수
없는 두드러기 발정 가라앉히는 비방 구하러
용한 점집 수색하다 조금만 기다려 보자
혹 아는가 서러운 회춘의 기미인지 두고 보던
어느 날 한 눈금 진통도 마련 없이 당찬 한
분홍 성난 듯 마당귀 흙 툭 차고 일어서는
화농들 물러서지 않는 꼭짓점들 보석처럼
냉정하다
끝났다 허사다 연고도 자위自慰도 필요 없게
됐다

부채

엘리지오 신부 새 그려 넣어
선물한 아끼던 부채 올여름
장롱 속에서 나와 내 염천을 치유하고 있다

담묵채 이름 모를
새 두엇 한지 뚫고 나와
저 허공으로 날아가
조그만 뱃속에 북극의 얼음
가득 채우고 와
내가 부채를 들 때마다
진한 바람 입으로 풀어 놓으며
기진맥진할 줄도 모른다

보속補贖*치곤 이건
신선놀음의 중형

* 보속補贖 : 천주교에서 행하는 속죄의식의 하나

봄, 봄

간밤 가는 비 모르게 다녀가고
그 집 마당에 무슨 일
일어났나

새벽잠 잃은
관절 앓는 그 집 안주인
절룩거리며 마당에
나와 보니

이름 없는 풀들은
이름 있는 풀들에게
곁 내주고 또는
스크럼 짜 보호하고

그중 가시가 운명인
특히 찔레 제 옆 누구 찌를까
좌우 살피며 주춤주춤
걸음 조절하며
신경 쓰는 게 신기했다

관절

관절의 촉수가 귀신처럼 현명하여
말하기를
대체로 그가 시키는 대로 한다면
흐린 오늘 일진은 말짱
꽝이다

나가지 마라
만나지 마라

세상에 층계 지우는 축지법은
없다

2부

하지夏至, 그 날

한 미지의 도착
감자가 왔다 우대할
손님이 왔다
저 강원도 맑은 물속 뒤채며
도모하던 돌멩이들 진화하여 나의
앞에 천재처럼 나타났다

옷섶 여미고 그 앞에 어찌
항복하지 않을 수 있으리
내가 멸망하면 지옥밖에
안 되는데 돌멩이들 모의하면
종교가 되네

가장 비루한 원수 같은 여름
낮의 높은 허기 그 지조
꺾을 즈음
죽음처럼 달려드는 오수 그 끝
찢어지는 하품 한번 치르고 나니
작심한 어느 삽날에도 한 곳 몸

찍히지 않은 끔찍한
연육질 일 등급 육괴 나의
앞에 버젓이 부려졌다
만세!

다시, 하지_{夏至}

지난해 이맘때 하지 그날
내가 두 손으로 확실히 다비_{茶毘}하여
내 속에 묘_墓 쓴 그
감자들
잊지도 않고 또 왔네

어떻게 묘 울타리 탈출하여
어느 깊은 산막에 들어 있다가
삼백예순 닷새 걷고 또 걸어
죽지 않고 다만 사라졌던가
생전 그 때깔 그 안색으로
지사_{志士}처럼 돌아왔네

고파 짐승처럼 성난 한 팔자_{八字}에
육보_{肉補} 해주러 한 바퀴 돌아
건너왔네
영색_{零色}의 목숨 구하러 왔네

다시, 하지 夏至

지난해 이맘때 하지 그날
내가 두 손으로 확실히 다비 茶毘하여
내 속에 묘 墓 쓴 그
감자들
잊지도 않고 또 왔네

어떻게 묘 울타리 탈출하여
어느 깊은 산막에 들어 있다가
삼백예순 닷새 걷고 또 걸어
죽지 않고 다만 사라졌던가
생전 그 때깔 그 안색으로
지사 志士처럼 돌아왔네

고파 짐승처럼 성난 한 팔자 八字에
육보 肉補 해주러 한 바퀴 돌아
건너왔네
영색 零色의 목숨 구하러 왔네

의사意思 없음

아무 의사 없이 손톱이
나아가듯
잘 익은 의사 없음의 저 명랑한
추진
도량道場 넓은 뜰에
방울처럼 튀는 오륙 세
무염無染의 동자승들

우리 동네가 유배지라고?

우리 동네 어귀 유월 불볕 아래
눈먼 어느 조경사의 손에
이끌려 잘 못 찾아들어 죄 없이
몸 부린 자작나무 꼭
유배 온 것 같다

정수리 지지는 화형火刑의 갈기갈기를
권투선수처럼 받아치는 힘은
잠자지 않고 서서 저 먼 먼 시베리아
설원의 갈피갈피를 뒤져 남몰래
숨 가쁘게 가슴에 담아온 무엇
비상砒霜 가령 구급 한 알
그 잠행의 비밀 없이는 결코
안 될 일인 것을

실수

돌아와 생각하니
아까 그 입놀림 참 좀
그랬다고 곱씹는 것이다

앗! 실수
잘 못 뱉은 진심
넘치는 갈증의 유출 아니었나
주책

왕복 여비 계산하지 않고
화살 쏜 거
교통체증 이 찜통 속 돌아올
메아리까지도 저 개울 만나
등목 한번 필요한

구슬처럼 떨어질 회신
기다리지도 결국 않을 거면서

곡선

긴 골목 끝
사람들에게 우회전하라고
가리키는 모퉁이
표지판도 위험 알리는
삼각 깃발도 물론
없는 이름없는 담벼락을
네가 꺾어 돌아가 드디어
보이지 않을 때 세상의
모든 길이 곡선인 것을
처음으로
보았다.

흰 눈의 꿈

캄캄한 겨울 하늘 펄펄
길 잃은 흰 눈들
길가에 세워 둔 트럭 꽁무니 참
천막 처마 밑에 내걸린
땅콩 볶는 쇠 가마 속으로
부나비처럼 눈먼 척 뛰어들어
땅콩과 한 몸 되었다.

서러운 누구의 입에 물릴
따뜻한 고소한

소원 풀었다
물가의 몽돌이 꿈이던 저
흰 눈들

점심의 조건

이만하면 점심의 조건으로
충분하지 않겠나
쓰고 버리기 아까운 이면지 한 아름
챙겨 겨드랑 밑에 꽂고
한 손에 아침에 나눠 가진
신문과 비운 커피잔 위험하게
겹쳐 들고 그리고
두꺼운 문예사전 숱 없는
민머리에 이고
짧은 가을 정오 조금 지나
점심 얻어먹으러 계단 윗방으로
올라오는 한
노후

숨쉬기에도 부족하던 청춘, 세월
그에게 바치고
오늘 점심 겨우 푸성귀 몇 잎
소찬素饌 때우기 위해 그는
상경上京하듯 매번

용기가 필요하다

이만하면 무얼 더 바라겠나
스스로에게 출렁이다가 넘치는
분수의 후함 매긴다
그래 이만하면

미리 쓰는 절명시
― 시는 나의 미망인

이제 겨우 그 맛 조금
깨쳤는데
효험보기 시작했는데 병석에서도
기적 일으키는 그 힘 보았는데
지기에서 측근으로 최근 승급해 놓았는데
나 떠나야 하나
미망인으로 그 남겨두고
먼저

윤달 어느 날

저 산소에서 잘 자고 있는 잠
꺼내어 서 홉 분말로 요약하여
경치 빼어난 바닷가 높은 산
정수리에서 밀가루처럼 버린
내 어머니
두 번 죽은 윤달 어느 날

날은 맑다가 흐리고 천지개벽하듯
실성하여 요동치고

내 어머니 세상에서 확실히
없어진 날 꿈에서도 볼 수 없이
실종 완전한 날

나는 의뢰했다
심인광고尋人廣告
어머니 찾음

별, 무화無化에게

낡은 법복法服과 법전法典 함께
저 용인땅 저승에 들어 오래오래
살다가 윤달 어느 좋은 날 받아 거두어져
동쪽 바닷가 높은 벼랑
소나무 몇 그루 그 아래 낭떠러지
물결조차 성질 까짓것 부려
수상한 날
눈처럼 방황하다 결국은 부려져
바다의 한 알갱이 되어
무상으로 바다를 별장으로
구입한 내 아버지
어느 맑은 밤
물결 위에 떠오른 많은 별들
그중 하나 되어 한 번씩
영원이라고 하는 가정假定 속에
정령精靈처럼 반짝이다

어머니의 전설

경상도 안강댁 울 어머니
구한말 만석꾼 집에 태어나
근동을 남의 땅 밟지 않고
나들이했다는

어른들이 골라준 연하 엘리트에게
몸종 데리고 시집왔으나
겨우 밥 먹는 선비댁이었다
시집살이 엄두 안 나 두 손 놓고 하늘
보고 있으니 그 별호 태평댁이었다
그러나 미모 하나는 견줄 이 없어 엘리트
울 아버지 자주 동반 외출하니, 그 시절 진주기생들의
시샘은 웃어넘겼으나
여아女兒의 짧은 서당글 가지고는
신학문 ABC 감당할 수 없고, 항상
신여성 시앗 볼까 노심초사했다는

이젠 그 세월 모두 증발하듯 전설되었다
하늘 같던 남편 앞세우고 그도 뒤따라가
이 세상에 없는 조선 여인 울 어머니

3 부

시인의 사랑

헤어져 돌아와 시를 쓰다니
질병처럼 불행하다

보이지 않는 너와 시를
바꿔먹고
장수한들 무엇에
쓰리

시를 잃을 터이니
너를 찾고 싶다

서너 시

한밤 서너 시
나도 나를 끄지 못하고
켠 채
마루로 나가보니
그때까지 서 있는 또 한
불빛 있다

심야기도

지금 내가 이런 짓거리 하면
천벌을 받을 거야
지금 이런 맘 먹으면
천은天恩을 입을 거야
이미 나는 엄청 큰 도모를 시작해
버렸어
그건
천기누설의 극비

만월

늦은 밤 고장 난
가로등 고쳐준
골목길 만월

침묵통신

나는 묵은 침묵으로밖에 너에게
편지를 쓸 수 없으니
나의 침묵이 보낸 편지 그대
받았는가
오래고 오래도록 입 다문 유적 같은
나의 마음

세상의 언어가 부족하여 오늘 나
힘센 침묵을 택하니
침묵의 동안거 탈출하여 바람 부는
모래톱 건너 먼 우체통까지 날아가
내 침묵을 부치니
그대 내 침묵 잘 받아 읽었는가
침묵의 여울진 무늬
침묵의 수심 찬 심장도 함께 받아 들고 있는가

요즘 나 침묵에 체해 버렸어
너에게서 그만 죽어버렸나 보아

이런 경우

지금부터 나 한 사랑을 가진다면
한 사람을 사랑하게 된다면
나 오래오래 살으리
기적처럼 나의 병 치유되지 말도록
누에 실처럼 가늘고 길게 끌고 늘여 뜨려
눈 뜬 아침 오늘도 세상에서 가장
착한 존재되어 휘파람 불며
병원행 하리

구애

내가 한 줄 시를 매파처럼 사이에
넣어 너에게 구애를 하노니
너는 기울여 들어라

시가 잘 네게 전해주는지
잘 갖다 바치는지
속 끓이고 있다
시를 빌린 나 의심투성이다

제2라운드

우리의 사랑이 이별이란 제2의
방식을 택하여 지면에서 퇴장하여
하늘의 별 땅의 나무 저 믿을 수 없는 구름을
부여잡고 아스라이 걸터앉아
세상이 체포할 수 없도록 그렇게
변질하듯 둔갑하여 피란 가
살았으면

사랑에게

내가 너에게 걸어 다니는 숙제가 된다면
내가 너에게 운명이 된다면 내가 너에게 한
병통이 된다면 비싼 불면이 된다면 너에게 원수가

된다면 그 집안의 딸이 된다면 내가 너에게
못 믿을 아지랑이가 된다면 무적의 적이 된다면
그때 사랑하자 우리

가을

늙어 입은 상처는
희귀보석이다
홍시처럼 받들어 모셔야 하리

고래

고래가 질긴 피륙 같은 바다를 물어
뜯어 한 조각을 동료에게 던져
보내면 그걸 주운 옆의 동료 또 다른
친구에게 입으로 릴레이 하여 먼바다
어렵잖게 건너갈 수 있었다

헛소리

오늘은 가는 귀먹은 것을
자랑해야겠다 너의 첫마디는
어차피 저 바람의
소유
두 번째 지나 세 번째가 참다운
나의 것
오다가다 절룩거리는
발음 세 번째는 첫 번째의
완강한 부인

전혀 딴 세상 헛소리
나는 평가절하를 온전히
가졌다

세컨드

우리 동네 '세컨드' 커피숍 다음 그다음
입던 입성으로 슬리퍼 끌고 다만 늙은
시앗처럼 종지만 한 허기만 자본처럼
챙겨 "안으로 미세요" 들어가는
더 기다릴 수 없는 늦은 저녁 휘발된
반백의 바람기 친절히 짓밟아주는
공개된 연인 나의 세컨드 동네 빵집

4 부

봄

봄 그가 눈에 뵈는 게 무어
있겠느냐
미친 봄 밖에 펄펄 끓는
제 자신 밖에
제 이마 밖에

약발 동나 환장하여
닥치는 대로 들고 나가는
아편쟁이처럼

근질거리는 마음 들고 나가
거친 나무 등걸에 대고 비비거나
심지어 수두처럼 옆자리에 팔아먹거나
갖고 있던 순정을 조금 덜어내거나
들쑤셔 흠집이라도 내야
직성 풀릴
홍수 같은 봄
봄

저질

요즘 나의 절실한 화두는
'저질'이다 비싼 밥
먹고 여기저기 기웃거렸으니
한 사흘 굶어야겠다

올 것이 왔다

당뇨 교실 한 10년 차
졸업은커녕 만년 유급인데
오늘은 치매 교실 나와 질문받고
대답하는 시험 보라고 하네

저 다섯 살적 앞섶에 손수건
꽂고 나풀나풀 뛰어가던
유치원 예비 소집일

이것저것 테스트에서 나
일등 먹었는데 척척 쓰고
읽고 시계도 볼 줄 알았는데

오늘은 무슨 선고 받으러 법정에 출두하는
중죄인 같다
암 늙음은 목숨의 피의자이고 말고
피해망상 짙은 분칠로 팍 누르고

강당에 들어서니

소꿉장난 수준의 기호를 들이대며
풀어보라고 하네
아 드디어 올 것이 왔도다

사탕

식후 여기저기서 말없이
사탕 몇 알 쥐여준다
나의 비방 상비약이다
소문내지 않았는데
족집게다 들
아차! 덜컥
비밀은 없다
살아 봐야겠다

그 뒤

저 염천 아래 걷다가
아무리 궁해도 한 모금
물 구하지 않으리
원치 않는 물 들이켜고
돌아오지 않는 이들
보았으니

나의 배의 욕심이 저 우주만 하면
그 바닷물 핥듯이 거두고
빨아들여 그들 곱다시
돋게 하리

※ 2014 세월호 참사를 보며

가위 구입하다

동네 병원 나서자 마을버스 정류장 앞
차양 없는 손수레에 누운 공구들 사이에
특별히 시난고난 내 시선을 빼앗은 건
최신형 전지剪枝가위, 이전에 못 보던 스프링까지
있어 손아귀가 좋아한다

임자 만났다 먼지 뒤집어쓰고 있던 쌍날
살의의 눈빛조차도 얌전히 포개져 있던 날개 한 번도
용 써
보지 못한 채 꿈조차도 녹슬고 있던
그에게 절대권력 실어 줘야겠다
물론 내가 그를 운전하겠지만

저것이다 한 푼 깎지 않고 집어넣고 달려왔다
이제 됐다 내 가장 핍진하여 가볍디가벼웠던
속에서만 홰치듯 자지러지던 한 도모 불러내어
오늘은 거사 감행해야겠다
한 권력 쥐여졌으니 지금부터 눈뜨고는 못 볼 모든
행패 갖추어 힘자랑할 것이다

책임도 질 것이다

마당, 숨죽이고 엎드려 좋은 숲 위장하던
꽃들 우아한 나무들 때때로 단말마 정령도
양육하던 밤도 있었지만
동네에서 참다못해 비밀의 왕국이라 우대도
해주었지만 절체절명 무기 휘두를 때
왔다
안면 몰수가 첫째 덕목이다
집 마당 삼밭 같은 정글은 모두 내 수하다
피지배 족이다
목 내놓아라 두 손 뒤로 꺾고
다만 피 뽑고 물 대주던 내 눈 쳐다보지는 마

무인 포스트

새것으로 개비하고는 버리지 않고
둔 함석 삭은 대문의 옛 우체통
속에 누군가 자꾸 무얼 집어넣고
달아난다

먼 곳 달려, 내통이 그리운 음흉한
파발들
낙엽 함께 바람도 불룩하게 쌓이고
쌓여 몹쓸 과거 되었다가 견고의
유물 되려 하는

바람이 놓고 간 문자
바람이 끄집어내어 도망가는
배고픈 바람들의 숨바꼭질

유령처럼 극비 접선하여
사위 살핀 뒤 한 바람이
도둑처럼 품고 가리란 것을 아는
또 한 바람 분명 이 지상에

있는 것이다
그 바람을 체포해야 한다

백지白紙 밥상

그 날 아침 다가앉은
백지 밥상은
그들이 먹통같이 무지하여
사랑이 상하여
희망이 쇠약해져서
여생이 미지근하여

가을같이 주로 누워 지내므로
측은하여
한 자 한 자
꾹꾹
소명疏明하라는 절체절명의
미션이다

계란

요즘 택배에 맛 들여 무엇이든 어딘가에
조금 부치고 싶어진다
오늘, 당신에게 깨지기 쉬운 갓 낳은 닭의
알들 구해 한 소쿠리 부치니 이건 내가
보내는 게 아니고 택배 아저씨가 보내는 것
그에게 숙여 인사하시라
고스란히 잘 도착했다고 고스란히 당신의
품에 매복하겠노라고 다만
죽여서 부활시키겠다고 그러나
한 마리는 건지고 싶다고 조금
미안하게 약속하시라

항복

어느 미친 영혼에 씌어
집 마당 정글 생각 없이 효수할 때
대오에서 눈치껏 달아나 귀신처럼 점프해
앞집 지붕 척박한 기와의 땅에 사력으로
올라앉아 지펴낸 방아풀꽃 보랏빛
오늘 무심히 그 아래 지나가는 내 목 시리게
겨냥하고 있다

너도 맛 좀 보아라
서늘한 날ㄲ의 보랏빛 시위 한껏
당겨 뚫어지라 훑고 있는
내 목의 죽을 맛

그래 잘 못 했다 오늘부터
이 두 손 네 수하될게
모가지도 물론 함께
다만 한번만 살려줘

바람독서

누구든 주름 깊은 제 생애에 대해
근심 깊으면 바람 심한 창가에 앉아
두꺼운 책 펴들어라

펴든 책 속 한 생의 유년 겨우
출발했을 뿐인데 갑자기 큰 바람
달려들어 눈 깜짝 새 폭동 일으켜
그녀 전생 단칼에 수순 밟지 않고
축지법으로 건너간다
그녀 날아갔다
그녀 행복했다

눈

어떤 가출이 이렇게 싱거우랴
이런 탈출은 얼마나 헐거운가
일생 버려두고 한 왕가 솔가하여
무얼 믿고 뜨거운 이 지구 위에 목숨 걸고
뛰어내려 한 귀퉁이 상하지 않으려고
죽지 않으려고 포로가 되어서도 결코 변심
하지는 않고 싶지만, 저 손바닥만 한 응달에
누워 눈도 붙여 보지만 지푸라기처럼 그 위엄
수척해가는 가당찮은 모욕 견뎌도 보지만
한 숨갈 염분도 추리지 못하는 이 완전실종

폭설

한 사흘 비상
무기 버리고 투항한
병정들 무릅쓰고 누굴
애도하는가
국상인가?
오버

5부

양산

어제 햇빛 받아 모아 되돌려주던
양산
오늘은 비 받아 쏟아버리고 있다

경우

필생을 부어 사랑하려 하니
생애에서 노란 단내가 난다
나의 비싼 반역이 일으키는
명현瞑眩 현상*?
머지않아 Call 올 모양이다

* 어떤 증상에 대해 약을 복용했을 때 앞서 나타나는 호전징후(예: 반점, 발
  열, 구토, 현기증 등)

어떤 학교

오늘 지원하고
입문ㅅᄬ했다
매일 ㅅᄬ하는 내
시인의 학교

도시락과 물병
빼앗기고
연필과 종이 받아
챙겼다

영원한 유급
졸업 원치 않는다
제적만 걱정이다

밀회

다 나가고 없는 집에
용케 알고 그가 온다

문밖 망보고 있던
샛서방같이, 열린 뒷문으로
엉큼하고 재바르게 문 걸어 잠그고
다가앉는다
은근짜 돌쇠
밀어내지 못하도록 사나이같이
팔뚝으로 제압한다
이런 밀회 퍽
자극적이다 시 그가 오는
날이다

국수

야무진 결별의식도 없이
헤어진 두 사람 따로따로
남의 잔치에 가 국수를
먹었네

국숫발은 길고 질겨
앙다물고 끊어주지 않으면
시늉도 아니었네

그때까지 남은 부채
조각조각 분할하여 소화하려 했으나
남의 잔치에 가서

우연히

우연히 한 사람을 만났네
아무것도 모르고 봄 돌아온 어느 날
오랫동안 원수처럼 찾아 헤매던 그이는
아니고 그이의 가장 가까운, 그들의 내막을
아주 잘 알고 있는

나의 사랑이 부족하여

내가 너를 얼마나 사랑하면
네 병이 났겠느냐
내가 너처럼 병이 나면

내가 큰 보자기 펴
네 환부 보쌈 하여
어느 무풍지대에 부려
전혀 다른 세상
다른 나라에 다시 네가 태어날 수
있다면

익명

수상하다
너, 요즘 무슨 일 있지?
까발려!
그래 좋다
밝힐 수 없는 동자와 그렇고
그런 사이지
보았어?

비극

모처럼 쾌청
혈압과 당뇨 절정에서 조금
내려와 있다

슬슬 발동걸린다
움직여 볼까
가령 저 피 듣는 반역의
도모
하루 세끼 상식의 배반

남들은 추문
자신에게 비극인

대신代身

시 대신 먹고 있다
시 대신 자고 있다
시 대신 울고 있다
시 대신 앓고 있다
시 대신 졸고 있다
아! 시 대신 늙고 있다

능멸

모진 생에 대해
시詩 가지고 설욕하려 했으나
생이 먼저 시를
능멸해 버렸다

공부

너는 덤빈다
아무것도 모르고
그래 좋다
우리 공부하자
너는 나를
나는 너를
백발이 흑발을
흑발이 백발을
통곡하며

언쟁

시 그와 생활하는 동안
미세한 언쟁의 생애였다

불려가서

그대여 우리 이제
드러나자
토설吐說하자
우리는 아무 짓도 하지 않았다고
그냥 얌전히 인형놀이 했다고
불려가서 거짓말하지
말자

우리의 사랑이 아무것도
아니었다고 그의 회유에
속지 말자 그에게
불려가서

그 녀석

대체로 건방진 그 녀석
기어오르는 녀석
최근에 알게 된 파도처럼
날뛰는 고등어처럼 푸른
그 녀석
내가 어쩐지 반말 대접 못 하는
동갑이 되려고 용쓰는, 위험한
백발 안중에 없는 맹랑한
그 녀석 때문에
돌겠네

네 짓

참으로 오랜만에 오늘 아침
나도 모르게 손가락 끝
날에 베였다

뇌두 콕 찔렸다
네 짓이지?
근처에 와 있다는

해설

김윤희의 시창작관과 진술방법들

공 광 규(시인)

 1962년 월간 『현대문학』에 추천이 되면서 등단한 김윤
희는 시력 50년이 넘도록 시에 대한 사유와 표현을 게을
리하지 않고 있다. 애정 어린 집착이라고 해도 되겠다.
그래서인가, 이번 시집에는 시에 대한 제재가 많이 등장
하며, 시집의 '서시' 「한 사람에게—이런 생각은 어떠신
지?」는 시인 김윤희의 시창작관을 자세하게 드러내는 정
보창고라고 할 수 있다.

 시인은 시에서 "한 사람에게 보이기 위하여 시를/ 쓴
다 눈 밝은 한 사람의 눈에 작죄 들키고 싶어서/ 시를 쓴
다"고 공언하고 있다. 그렇다면 도대체 이런 시는 어떤
시인가? 시를 조금 더 읽어가다가 보면 "인생의 인문학人
文學에 복무하는 평범한 시"라는 구절을 만날 수 있다. 그
러면 또 "인생의 인문학에 복무하는 평범한 시"는 무엇
일까? 시인은 "모종의 음험한 나의 도모에 물색없이 가
담하여 공모의 사인하는 한 사람"이며, "나의 무법無法에
찬성하는 그를 위해 시를 쓰고/ 어떤 때는 철저한 타인

인 그를 위해 시를" 쓰고, "똑 부러지게 배반할 줄 아는 그를 위해 시를 쓴다"고 고백한다.

이렇기에 김윤희의 시와 삶의 관계는 다른 시에서 확인되는바, 아름다운 '언쟁'의 관계였다. 그는 시 「언쟁」에서 "시 그와 생활하는 동안/ 미세한 언쟁의 생애였다"(「언쟁」 전문)며 시와 같이 지내온 일생을 "미세한 언쟁의 생애"로 개관하고 있다. 다시 말하면 시는 "미세한 언쟁"이며, 시인은 "미세한 언쟁의 생애"를 사는 사람이라는 것이다.

누구나 시를 정의할 수 있으며, 시에 대한 정의는 시를 정의한 사람 수만큼이나 많을 것이다. 이렇게 시를 하나로 정의할 수 없다는 것, 시에 대한 정의가 다양할 수 있다는 것이 시의 매력을 넘어 마력이다. 김윤희는 이런 마력의 시인학교에 매일 지원하여 입문한다. 그의 시 「어떤 학교」는 "오늘 지원하고/ 입문했다/ 매일 입문하는 내/ 시인의 학교// 도시락과 물병/ 빼앗기고/ 연필과 종이 받아/ 챙겼다// 영원한 유급/ 졸업 원치 않는다/ 제적만 걱정이다"(「어떤 학교」 전문)가 인데, 이렇게 시를 쓰고 시집을 펴내면서 시인학교에서 제적을 면하고 있는 것이다.

김윤희가 시를 대하는 태도나 사랑하는 수준은 샛서방과 비밀스러운 밀회를 하는 것만큼이나 극적이고 가슴 떨리는 일이다.

다 나가고 없는 집에
용케 알고 그가 온다

문밖 망보고 있던
샛서방같이, 열린 뒷문으로
엉큼하고 재바르게 문 걸어 잠그고
다가앉는다
은근짜 돌쇠
밀어내지 못하도록 사나이같이
팔뚝으로 제압한다
이런 밀회 퍽
자극적이다 시 그가 오는
날이다

- 「밀회」 전문

　이런, 시가 작동하는 시간을 샛서방과 밀회하는 것으로 비유하고 있는데 비유의 구체성이 입체감을 더해준다. 이렇게 시가 일상의 서방이 아니고 비일상의 샛서방인 것은 낯선 모험과 경험, 대상에서 튕겨져 나오는 서정의 충동을 기록하는 것이라는 시론에 부합한다. 이런 '시'라는 관념과 형이상의 대상에 사색을 통한 결과를 표현하는 방식은 대개가 단형의 시가 될 수밖에 없을 것이다. 다음의 다른 시들에게서도 이런 단형시의 관성이 확인된다.

"헤어져 돌아와 시를 쓰다니/ 질병처럼 불행하다// 보이지 않는 너와 시를/ 바꿔먹고/ 장수한들 무엇에/ 쓰리// 시를 잃을 터이니/ 너를 찾고 싶다"(「시인의 사랑」 전문)

"모진 생에 대해/ 시를 가지고 설욕하려 했으나/ 생이 먼저 시를/ 능멸해버렸다"(「능멸」 전문)

"시 대신 먹고 있다/ 시 대신 자고 있다/ 시 대신 울고 있다/ 시 대신 앓고 있다/ 시 대신 졸고 있다/ 아! 시 대신 늙고 있다"(「대신」 전문)

"내가 한 줄 시를 매파처럼 사이에/ 넣어 너에게 구애하노니/ 너는 기울여 들어라// 시가 잘 네게 전해주는지/ 잘 갖다 바치는지/ 속 끓이고 있다/ 시를 빌린 나 의심투성이다"(「구애」 전문)

단형시는 시의 구조에서 인물의 행위와 사건을 가능하면 배제하고 순간적 사유의 충동을 쓰기 때문에 당연히 짧을 수밖에 없다. 그러나 이런 단형시가 서정시의 모체라는 사실은 이미 누구나 알고 있다. 그렇다면 김윤희의 시에서 단형의 시가 여럿이 나타나는 이유는 뭘까? 시의 본질에 대한 고민 끝에 내린 나름대로의 창작방식일 것이다.

이처럼 시에 몰입하고 사유하며 청소년기 이후 시인의 길을 걸어온 그는, 이제는 생물학적으로 "시 대신 늙고

있"다. 그에게 시는 질병과 불행, 잃음과 되찾음, 설욕과
능멸, 울음과 앓음, 구애와 의심 등 마음이 충돌하는 장
소이다. 이것은 시적 수사이기도 하지만 실제 사람의 삶
이란 이러한 양가적인 마음의 충돌 현장이며 연속에 지
나지 않는다. 이런 삶을 시에 수용함을 필요로 하는 김
윤희는 늘 "백지白紙 밥상"을 받아먹으며 산다.

> 그 날 아침 다가앉은
> 백지 밥상은
> 그들이 먹통같이 무지하여
> 사랑이 상하여
> 희망이 쇠약해져서
> 여생이 미지근하여
>
> 가을같이 주로 누워 지내므로
> 측은하여
> 한자 한자
> 꾹꾹
> 소명疏明하라는 절체절명의
> 미션이다
>
> ─「백지白紙 밥상」 전문

  화자가 시를 일상의 밥으로 산다는 비유이다. 어떤 깨
우침은 순간에 오는 것이다. 화자 역시 시에 대한 깨우
침을 어느 "날 아침"에 얻은 것 같다. 그러나 깨우침의

강렬한 느낌은 사랑처럼 희망처럼 날이 갈수록 빛이 바래어 미적지근하다. 그래서 선사의 세계에서도 한 번의 깨우쳐서는 안 되고, 그 깨우침을 유지하기 위해서 계속 공부 속에 있어야 한다고 한다.

화자는 긴장 없는 시와 같이 미지근하게 늙어가는 여생이지만, 깨우침이 온 "그 날 아침"을 기억하며 시 쓰기를 어떤 절체절명으로 다잡는다. 그리하여 "한자 한자/ 꾹꾹" 흰 백지 위에 소명을 하고 있다. 물론 화자는 김윤희가 숨어서 조종하고 내세우는 가면이며 대리인이다. 창작자는 주체를 화자가 아니라 백지로 전환하는 진술 방식을 취한다. 이렇게 주체를 바꾸면 시가 또 다르게 읽힌다. 물론 시인의 의도된 낯설게 하기 전략이다. 이렇게 "백지 밥상"을 받는 것, 즉 시 쓰기를 "절체절명의/ 미션"으로 사는 김윤희는 시를 자신의 '미망인'으로 비유하기도 한다.

> 이제 겨우 그 맛 조금
> 깨쳤는데
> 효험 보기 시작했는데 병석에서도
> 기적 일으키는 그 힘 보았는데
> 지기에서 측근으로 최근 승급해 놓았는데
> 나 떠나야 하나
> 미망인으로 그 남겨두고
> 먼저
> 　　　－「미리 쓰는 절명시－ 시는 나의 미망인」 전문

이처럼 인생은 짧고 예술은 길다. 화자는 수십 년을 시와 함께 해오다가 이제 겨우 '시의 맛'을 '조금' 깨우친 상황이다. 화자는 시를 깨친 후 실제 삶에 효험을 보고 있다고 한다. 그것이 어떤 효험인지는 알 수 없으나 정신과 육체 모두가 본 효험일 것이다. 정신과 육체는 상호 보완이자 상생을 하는 관계여서 정신이 세워지면 육체도 세워지고, 육체가 세워지면 정신이 세워진다. 서로가 세운다는 것이 이해되지 않는다면, 경험적으로 정신이나 육체 어느 한쪽이 무너진 사람이 겪는 고통을 생각해보면 될 것이다.

화자는 실제 시 때문에 병석에서 일어나는 기적을 보았다. 처음에는 시와 지기로 지내며 서로가 배반하지 않으면서 최근에는 측근으로 발전되었다. 시를 일상에서 뗄 수 없는 삶의 일부가 된 것이다. 그러나 화자는 생물학적 노화로 시를 떠나야 할 때가 되었다. 화자가 세상을 떠난 뒤에는 시만 남을 것이다. 결국 화자는 시를 '미망인으로' 남겨 놓은 채 먼저 세상과 작별을 해야 한다. 그렇다면 지금까지 시인이 죽고 시만 남아있는 시들은 모두 미망인이란 말인가? 시를 의인화한 비유가 특별하다.

화자, 즉 시인은 시가 뭐라는 것을 수십 년 만에 깨치자마자 삶이 저무는 것이다. 결국 시인은 절명시를 남길 수밖에 없다. 이렇게 김윤희는 시를 미망인으로 의인화하여 시를 깨치기 어려움과 인생의 짧음을 짧은 시편으로 형상하고 있다. 인생의 짧음과 짧음에 대한 회한은 나이를 먹을수록, 아니면 신체에 병증이 닥칠 때 유난히 더 많이 일어나게 된다.

당뇨교실 한 10년차
졸업은커녕 만년 유급인데
오늘은 치매교실 나와 질문 받고
대답하는 시험보라고 하네

저 다섯 살적 앞섶에 손수건
꽂고 나풀나풀 뛰어가던
유치원 예비소집일

이것저것 테스트에서 나
일등 먹었는데 척척 쓰고
읽고 시계도 볼 줄 알았는데

오늘은 무슨 선고 받으러 법정에 출두하는
중죄인 같다
암 늙음은 목숨의 피의자이고 말고
피해망상 짙은 분칠로 팍 누르고

강당에 들어서니
소꿉장난 수준의 기호를 들이대며

풀어보라고 하네

아 드디어 올 것이 왔도다

– 「올 것이 왔다」 전문

병증은 생활기능의 장애로 생물체의 몸에 생리적 이상이 생겨서 고통을 느끼는 것이다. 누군가의 말대로 질병은 인생을 깨닫게 하는 훌륭한 선생인 것이다. 5연 18행의 위 인용 시를 통해 독자는 화자가 당뇨라는 질병을 가지고 있다는 것을 알 수 있을 것이다. 자신의 지병을 '당뇨'라고 밝히고 있는 화자는 '치매'와 관련한 테스트를 받으러 가면서 나이로 인해 "올 것이 왔다"는 위급함과 위기감을 시를 통해 진술하고 있다.

시에서 화자가 나가는 당뇨교실은 10년차이지만 졸업이 불가능한 곳이다. 상식적으로 나이를 먹어감에 따라 더 심해지는 당뇨는 지속적인 관리를 받아야 하는 질병이다. 그러므로 당뇨환자는 당뇨교실 만년 유급생일 수밖에 없다. 이러한 당연한 사항을 화자는 당뇨교실을 학교제도로 비유하여 "만년 유급"이라는 표현을 통해 낯섦을 실현한다.

이 시의 창작 동기는 지병인 당뇨가 아니라 치매교실에서 나와서 치매 테스트를 받아보라는, 아마 사회복지 공무원의 안내 때문에 일어난 것으로 추측된다. 화자는 국가복지 차원의 치매 테스트 안내를 받고서 과거의 시험경험을 회고한다. 유치원 예비 소집 일에서부터 쓰기와 시계 읽기를 해서 일 등을 했던 화자는 치매 테스트를 받아야 하는 상황이 되자 "법정에 출두하"여 선고를 받으러 가는 '중죄인 같은' 생각이 든다는 것이다. 그러면서 이내 "늙음은 목숨의 피의자"라는 인식에 도달하고는 자신이 늙었다는 것을 인정한다.

실제로 정신이 멀쩡한 화자는 치매 테스트 현장에서 "소꿉장난 수준의 기호를 들이대"는 시험관들 앞에서 자존심이 상한다. 그러나 이게 늙음의 현실인데 어쩌랴. 화자는 결국 현실을 인정하고 "아 드디어 올 것이 왔도다"며 규정한다.

그렇다고 시인은 늙음을 부정적으로만 보지 않는다. 이를테면 가을날 감나무에 매달린 홍시를 보고 착상한 것으로 보이는 시 「가을」에서 시인은 "늙어 입은 상처는/ 희귀보석이다/ 홍시처럼 받들어 모셔야 하리"(「가을」 전문)라며 대긍정을 한다. 필자는 육체가 늙어서 입는 마음의 상처가 어떤 것인지는 아직 모르겠지만, 화자를 통해 김윤희는 희귀보석처럼 매우 가치가 있는 것이라고 한다. 그러므로 늙어서 입는 상처를 조심스럽고 공손하게 잘 받들어 모셔야 한다는 것이다.

새것으로 개비하고는 버리지 않고
둔 함석 삭은 대문의 옛 우체통
속에 누군가 자꾸 무얼 집어넣고
달아난다

먼 곳 달려, 내통이 그리운 음흉한
파발들
낙엽 함께 바람도 불룩하게 쌓이고
쌓여 몹쓸 과거 되었다가 견고의
유물 되려 하는

바람이 놓고 간 문자
바람이 끄집어내어 도망가는
배고픈 바람들의 숨바꼭질

유령처럼 극비 접선하여
사위 살핀 뒤 한 바람이
도둑처럼 품고 가리란 것을 아는
또 한 바람 분명 이 지상에
있는 것이다
그 바람을 체포해야 한다

　　　　　　　　　　　－「무인 포스트」전문

　4연 18행의 위 시는 버려진 녹이 슨 옛 우체통을 관찰
하여 얻는 시이다. 시인이 대상을 섬세하고 감각적으로
비유하여 쓸쓸한 감정을 독자에게 불러일으키고 있다.
시에서 오래된 헌 우체통에 '누군가' 우편물을 넣어놓지
만 가져가는 사람은 없다. 이 우편물들은 대개 상업광고
나 오래전 이사를 하여 수신자가 불분명한 우편물일 것

이다. 이 쌓인 우편물에 낙엽과 바람도 쌓인다. 누군가 우편물을 가지러 와서 치우지 않는다면 우편물과 바람에 날려 온 낙엽들은 켜켜로 쌓여 유물이 될 것이다.

김윤희는 이런 「무인 포스트」와 같은 감각을 단형 시 「고래」에서 더욱 활달하고 선명한 심상으로 보여준다.

고래가 질긴 피륙 같은 바다를 물어
뜯어 한 조각을 동료에게 던져
보내면 그걸 주운 옆의 동료 또 다른
친구에게 입으로 릴레이 하여 먼바다
어렵잖게 건너갈 수 있었다

－「고래」 전문

고래가 헤엄을 쳐서 바다를 항진하는 모습과 바다를 건너가는 고래 지느러미를 닮은 푸르고 활달한 파도가 중첩으로 연상되는 수작이다. 동료와 함께 배려하면서 넓은 바다를 건너는 고래의 힘찬 모습은 동료와 함께 배려해야 세상을 건널 수 있다는 인간계에 비유된다. 그래야 넓은 세상을 건너기가 수월해진다는 의미까지 복합적으로 진술되고 있다. 시가 이렇게 감각에서 의미까지 여러 층위의 진술을 보여줄 때 독자의 시 읽는 기쁨은 배가될 것이다.

등단 50여 년이 넘도록 시를 써오면서, 이제는 시를 '지기'를 넘어 '측근'으로 두고 사는 김윤희는 집착에 가까울 정도로 시의 본질에 대한 고민과 사유를 한 끝에 쓴 여러 편의 시를 이번 시집에서 선보이고 있다. 시에 관한, 시를 시로 쓴 시들이다. 시를 인생의 미션, 즉 반드시 해야 할 소명이나 임무임을 밝히면서 시에 대한 본질적 탐구를 끊임없이 해내는 것이다. 이런 탐구를 기반으로 쓴 김윤희의 이번 시의 특징을 크게 유형화하면, 서정적 순간의 충동을 표현한 단형시가 많이 보이고, 생물학적으로 늙고 병든 일상에서 인생을 회고와 아쉬움으로 바라보는 진술이 돋보인다.

회고와 아쉬움은 서정의 기본이며 서정시가 탄생하는 자리다. 이런 시가 탄생하는 접점을 김윤희는 노련하게 포착하고 있는 것이다. 더하여 그의 시에서 작동되고 있는 비유적이고 감각적인 진술방식은 독자에게 시 읽는 즐거움을 준다. 시적 대상에 대한 적절한 비유와 선명한 감각은 시의 본질에 육박하고자 하는 시인의 투철한 임무임과 동시에 독자를 배려하는 창작정신일 것이다. 그러한 면에서 우리는 시력 반백 년의 김윤희가 던지는 이 시집의 의미를 곰곰이 생각해볼 필요가 있다.